AF368551

COUDRIN– l'enfant noir

EQUIPE KART

CHAPITRE 1 GRO MÉNAGE

PLOUF encore des dizaines

de dossier a rangé et a

trié on bosse vraiment

dans 1 grande bibliothèque

heureusement qu'on

et pas tous les jours a

ce service sinon on

ne serais pas dans la merde
ils faut dit qu'on

a énormément de taf

en ce moment. WALUIGI et

TOAD Que ce passe t'il

encore on vous entend

dois je vous rappelle que

vous avez des voix qui

 porte très loin en tous

cas c'est parfait vous venez

de finir 1 bonne partie

allée aidé vaux 2 p'tit

frères a fini.OUI PÈRE.

DK et YOSHI vous avez

terminé les étages 2

et 5 c'est parfait vaux

2 grand-frères vienne

vous aidé ils sont

fini de ranger la bibliothèque.

CHAPITRE 2 EXPLICATION

2 JOURS PLUS TARD

PÈRE on voudrait retourner

en russie la ou on

STOP POUTINE a fait

pété Tchernobyl ils

sont tirés leurs missile

sur le boucliers du ciment

le tout récent hélas

la pollution et ressortie

merci POUTINE d'avoir

appuyés sur le bouton.

ONT a u énormément

de mal à vous récupéré

tous les 4 vous étier

99 personnent en

tous on a éssayé temps

sauvé le plus possible

mais on a réussir a sauve

que vous 4 hélas voilà

pourquoi on rejette toutes

les demande médical

pour aller sur le territoire

RUSSE trop de polluant

et de radioactivité.

ok DONC La ou on

a passée notre enfance
hésite plus donc on

ne peut plus retourner en Russie.

CHAPITRE 3   demande à p'tit diable numéro 2

CHUUT écoute p'tit diable

numéro 2 peu tu

nous ramenez en

russie s'il te plait tien

voila tes bonbons

pas contre tu

ne parle pas aux parents.

PÈRE TONTON ET MAMAN OK.

GHROUM

WOUAH c'est tout

ceux qui reste du village

de ALGRANGE que des

ruines et des décombre

en tout cas j'espérais

 récupérer des photos

ou des objet.RAMÈNE

nous p'tit diable numéro 2.

GHROUM

STOP TONTON je vous

4 en veux pas mais

pour info je suis connecté

sans arrét a p'tit

diable numéro 2 et

oui on ne se déconnecter

j'amais de p'tit diable

numéro 2 et oui

on reste connecté

a lui sans arrêt.

CHAPITRE 4 RETOUR A LA MAISON

GHROUM

ALLOR l'équipe KART non

p'tit diable numéro 2

et dans son appartement

aver MUSUME et

les 2 grand ENCRE NOIR

et grand ANGE NOIR

IL est en crise heureusement

que MUDOUME vous

a rejoint ou sinon

vous n'aurez j'aimais

réussir sa rentrée en

tous cas ils et au lit

p'tit diable numéro 2

allez je vous laisse

allée chez MAMIE FUSION

elle s'occupe de

vous certe semaines

en tous cas vous s'étre

invitée à vous tenir
tranquille tout ce

mois ci vous 'étre

chez mamie FUSION.
et interdiction d'aller

voir p'tit diable numéro 2

et oui il et en mode

crise donc seuls les

équipes LES 4 JUMEAUX

MALÉFIQUE et les

2 grand ENCRE NOIR et

ANGE NOIR eux save

le maîtrisée sans

problème en tous

cas vous pouvez rester

chez mamie FUSION.

CHAPITRE 5 SOURCE CHAUD

WOUAH ils ya beaucoup

trop de monde que

dès allemand des

belges dès russe des

italien pas 1 seuil

breton ou français bien

blanc bréf que

des cons en plus

pas 1 seuil qui parle

français on et pas dans

la merde avec tous

ces cons qui ne parlent pas français.

ALLEE on rentre ils

ya vraiment tro de

monde en tous cas

ils y'en a marre

vivement qu'ils retour

chacun chez sois

vivement la fin des vacances.

ALLO les gars vous revenez

 de la source d'eau chaude

beaucoup trop toc allez on redescend

CHAPITRE 6 tablettes milka

WOUHA allée venez prendre

vaux café et les nombreux

viennoiserie et les tablettes

de chocolat milka pas.

contre on reste ici ce

soir et oui l'équipe FUSION

rentre ce soir pas contre

ils sont super fatigué

donc normalement ils

dormez dans leurs tente

pas contre ils sont

de trés mauvais fois en

ce moment et en plus ils

ya énormément de

touristes et trés peu

de propriétaire qui

survivre et dé que

1 propriétaire dcd le

bien et en général

vendu à des touristes

en moin de 8 mois

ils ya eu pas mal de

vente en 1 semaines

sur tous dans certain

secteur en plus les prix

on setuplé en moin

de 15 ans et en plus

ça ne va pas les arranger.

CHAPITRE 7 ARRIVE CHEZ MADELEINE PALAUD

GHROUM

BONJOUR mamie PALAUD

alor comment ça va

et oui ce mois ci

c'est nous qui vien

pour louer la maison

de derrières et oui

on reste avec toi 2 semaines
pas contre PAPA TONTON
et MAMAN nous on

interdit de jouer avec

p'tit diable numéro 2 comme
sa on va pouvoir joué

avec toi.NON mes chérie

certe semaines vous

et moi on est chez numéro 4

cet oui on est invité

a mangé et a passer 1 moment

avec mes p'tit enfants

enfin peut-être et

oui on pars demain

a baud non c'est KERIVEN

qui vien nous récupéré

et oui c'est 1 très mauvais

nouvelle en tous cas

dans mon cas et oui

on a pas vraiment

le choix actuellement.

CHAPITRE 8 ARRIVÉE CHEZ NUMERO 4

WOUHA en tous cas ils

sont fait énormément

de travaux et en plus

tous et super bien rangés.

On préfère quand c'est le bordel.

GHROUM

NUMÉRO 4 ET KERIVEN vous

aurez plus nous prévenir

enfin on aurait organisé

1 rdv avec plusieurs de

nos gosses et en plus

on vous aurez accompagné

 avec les équipeS P TIT ANGE NOIR

P TIT DIABLE NUMÉRO 2 et

les 2 grand ENCRE NOIR et ANGE NOIR

Composition de couverture COUDRIN

DÉPÔT LÉGAL: 1 DECEMBRE 2022

www.ingramcontent.com/pod-product-compliance
Lightning Source LLC
LaVergne TN
LVHW051512180726
843512LV00006B/736